고요의 바다

고요의 바다

김영성 디카시집

쏠트라인
SALTLINE

■ 머리말

무덥던 여름을 보내고 서늘한 가을을 맞이하였다.

가을은 우리에게 풍요와 즐거움을 준다. 국화와 코스모스를 비롯한 갖가지 가을꽃들이 피어나고 단풍이 들면서 산야는 오색이 물든 옷으로 갈아입을 것이다.

가을 날씨는 활동하기 좋은 계절로 하루하루가 더디 흘렀으면 하는 바람을 해본다.

이번 작품은 세 번째로 사진과 어우러진 글을 나름 써보았다. 편안한 마음으로 감상하면서 잠시 쉬어가는 시간이 되었으면 한다.

2023. 10. 김영성

차 례

■ 머리말

1부
하나

2부

동행

3부

사랑해

4부

용서해 줘

5부

보고 싶었어

1부

모든 시작은 하나부터이다

형제섬*

물결 위로 아스라이
손짓하듯 다가선다

한 부모 몸에서 나와
나란히 정을 나누는 사이

가까이서 보면 두 개의 섬
멀리서 보면 어울려 지내는 형제

뱃길 가늠하는 등대처럼
우뚝 바다를 지키고 서 있다

형제라 외롭지 않은 섬

* 제주도 송악산 해안에서 바라보이는 섬.

해녀의 꿈

누군가
바다를 불러

호이
호오이

숨쉬기 힘들수록 간절한
물속 삶

비릿함도
미끄러운 몸놀림도
익숙해진 그녀

바다를 갈망하는
그녀의 꿈이 숨 쉬는

호이
호오이

곡예사의 꿈

꿈은 현실이다

우레 같은 함성을 타고
나르는 꿈

생명줄 부여잡고
생사를 가늠하듯
파고드는 긴장감

멋진 마법으로
관객 혼을 훔쳐

짜릿한 쾌감으로
돌려주는 절정감

절정감이 그녀의 꿈

베 짜기

덜거덕 딱!
덜거덕 딱!
방의 정적을 때린다

밤낮으로 매달렸던
고부姑婦
한이 서린 베 짜기

어렴풋이 떠오르는
베틀 이야기

베틀 장비
번호를 붙여
점호 받고 있다

전통혼례식

시집가고 장가가는 날
부부되는 날

족두리 쓰고
사모관대 매고
한 몸 엮는 날

설렘과 흥분으로 가득한
전통혼례식

사랑의 밤
불태울
신랑과 신부

범람

시커먼 하늘에서 낙하산을 펼쳐
험한 얼굴로 지상에 도달한 무리들

무섭게 노려보며 근육에 힘을 실어
공격할 곳을 탐색할 때

공포가 출렁출렁
숨을 죽여 지켜본다

눈앞에서 불행의 나락이 겁을 주니
힘이 빠지며 밀려드는 두려움

튼튼한 성벽을 쌓지 못한 후회가 넘실거린다

목까지 차오르는 시뻘건 두려움
외쳐보고 싶은 구원의 손길

황룡의 앞발

용수철 튕겨 오르려는 듯
발굽에 힘을 주고

육중한 모습에
날렵한 움직임이 보인다

강을 가로지른 용트림
앞발을 내 딛고서

땅을 박차고
하늘을 웅비雄飛하려는 황룡*

여의주를 옆에 두고
인간의 소원을 접수하고 있다

* 전남 장성 황룡강에 황룡의 형상으로 만든 다리.

별과 달의 춤

말끔한 밤하늘에서
별과 달이 춤을 춘다

모두가 보는 앞에서
펼쳐진 흥겨운 춤

밤의 놀이판이
하늘에서 벌어졌다

귀여운 개

차양 넓은 모자에
긴 귀 늘어뜨리고

졸리는 눈으로
난 속에 있는
귀여운 개

멍! 멍! 멍!
짖어 대는 소리가
저를 노랗게 물들이고 있다

꽃 중의 꽃

꽃 중의 꽃을
대표하는 꽃이라고
당당히 나섰다

우리 예쁘지 않나요?

당당한 아가씨
그녀의 빨간 볼에
괜스레 내 볼이 빨개진다

2부

사랑스런 그대와 둘이 함께함은
행복한 동행이다

소녀의 얼굴

이름을 맞춰보세요
흔한 얼굴은 아니지요

산중에 숨어 곱게 핀
가냘픈 미소를 지닌 아이

순박한 소녀의 얼굴에
봄날 한때가 환하네요

풀꽃 연주

보드라운 풀꽃
잡풀 위를 기어올라
야들야들한 얼굴 내민다

연주하는 나팔수처럼
소리 지르는 스피커처럼

풀꽃 연주
울려 퍼지는 벌판
평화롭기만 하다

길 야경

꾸불꾸불 창자길 따라
멀리서 달려오는 불빛

가까이서 무지개를 남기고
소리 내어 부웅! 방귀 내뿜으며
산 고개 넘어가는 길

경사도에 창자길 만들어지고 보니
관광길로 변신하여
뭇사람을 부른다

밤낮으로 그 모습 자랑하고파

강강수월래強羌水越來

흥겨운 여인들의 춤사위에
화려한 공연장

적을 경계하라는 원뜻을 담은
그들만의 사기진작 놀이

조상의 지혜를 생각하며
나도 가만히 어깨춤을 춰본다

별들의 잔치

별들의 꽃 잔치
색색이 물들인 벌판

화려한 꽃을 피워
별꽃 풍경 만들었다

밤하늘의 별들이
지상에 내려와

별꽃 잔치 열었나 보다

당신은 장미

예쁜 그대 턱을 괴고
무슨 꿈을 꾸고 있나

노랑 미소 지으며
나를 유혹하는 당신

볼수록 귀여워라
볼수록 사랑스러워라

노랑 꿈의 당신이 있어
노랑 사랑을 이루었네

천사의 나팔

저 멀리서 들려오는
나팔소리

생명에 희망을 주는
멜로디

나팔을 부는 천사가
모든 생명에게
힘을 불어 넣어주고 있다

주먹코 아저씨

빨간 주먹코 아저씨
곰방대 입에 물고
깨끗한 연기를 내뿜네

깔끔한 미소로
빨간 팔자수염
매만지고 있네

노랑 모자

아가씨 노랑 모자
덩그러니 놓여있다

속이 깊은
나팔 모양의 노랑 모자

5각형 노랑 모자가
아가씨를 기다리고 있다

빨간 미소

빨간 미소를 띤 여인

성숙한 몸
농염한 자태로
유혹의 눈길을
보내고 있다

거침없이 멋을 부린
직설적인 여인이다

3부

언제 들어도 좋은 말 세 글자
"사랑해"

머루 포도

감아 오른 줄기에
머루 포도 한 송이

쳐다보니 탱글탱글한
젊음이다

싱싱한 구슬들이 햇빛을 맞아
성숙한 보라색으로 멍들면

위로하는 입맞춤에
달콤함이 쏟아져내릴 것이다

황톳길

건강 힐링healing 코스
붉은 흙길을 보면
옛 시절 소달구지 덜겅거리던
시골길이 생각난다

비 내리면 고무신 옆에 끼고
질경질경 걷던 진흙탕길
그때는 짜증 섞인 길
지금은 일부러 걷는 길

멋진 장화 신고 싶었는데
맨발이 더 좋다니
세상이 바뀌었다

붉은 흙길
건강으로 가는 길

8월의 푸름

하늘은 맑고
푸른 물이 잔잔하니

천상의 풍경이
따로 없다

8월의 푸름을
한껏 뽐내니

내 마음도
푸름에 흠뻑 젖어든다

고추

매운 나무가
매운 날씨에
매운 열매를 달고
매운 여름을 만들었구나

새끼에 끼워
금줄 만들어
부정을 지켜볼까

맵기에
우리 입맛을 돋우는
시원한 맛

벼

잔물결에도 헐떡이던 모가
단단히 힘을 받아

건장한 모습으로
건강한 푸름을 보여주고 있다

푸름을 보는 농부의 푸른 가슴도
푸르게 물결치고 있다

잘 자란 자식을 보듯
마냥 흐뭇한 들녘이다

징검다리

팔짝팔짝
뛰어 걷는 징검다리

건너는 즐거움
물을 보는 시원함

물소리에 귀 기울이며
연인이 앉자
흐르는 사랑 이야기

더위를 잊으려 나선
가족 나들이

그들의 모습이
평범한 일상의 회화를 낳았다

피노키오

나무로 만들어진
귀여운 인형에

혼을 불어넣은
인기 많은 친구

호기심 많은
피노키오야

우리와 함께
놀아보지 않을래

성난 물결

태풍에 실린 폭우
쏟아부으니

강이 화가 나
거센 물결을 일으켰다

붉게 화가 난 얼굴을 보니
두려움이 흘러든다

성난 바람
성난 물결
성난 하늘

정장 신사

검정 옷 정장 신사가
이리저리
꽃을 탐색하고 있다

꽃의 가슴에
청진기를 들이대고
안테나 높이 세워

꽃들의 사랑 이야기를
들어보고 있다

슈퍼 블루문

68년만의 달
슈퍼 블루문

그믐달이 보름달?

해수면 15cm 상승
보기에 14% 더 크고
30% 더 밝은

한 달에 두 번 뜨는
슈퍼 블루문

행운 맞으러
달구경 가자꾸나

달그림자 드리운 날
2023년 8월 31일

4부

서로의 응어리진 마음을 풀어주는 말
네 글자 "용서해 줘"

호수의 풍경

두줄타기 유격장처럼
쓰러진 나무가
굵은 밧줄이 되어
물그림자 드리워진
다리를 만들었다

다리 밑으로 높게
다른 하늘이 있어
공포의 다리가 된
푸름이 만삭인
호수의 풍경

가을 풍경

두 여인을 놓고
오가며

행복한 시간을 즐기는 그대

여인의 옷자락을 잡고
농락하는

남자의 계절

요술 공주 결혼식

하늘에 빛이 닿았으랴
땅의 기운이 솟았으랴

영롱한 기운을 탄
한 쌍의 맺음식

요술 공주 결혼식

베 짜는 여인

후미진 골방
베틀에 앉아
여인의 한을
달래던 베 짜기

덜구렁 짝
덜구렁 짝
베 짜는 소리
멀리 퍼져 갈 때

서방님의 간을 태우는 소리
아이에겐 자장가 소리
이웃에겐 일하는 소리

우리 집

멋있는 집 창문으로
인형극의 아이가
말을 걸고 있다

우리 집 멋지지
예쁜 우리 집

낙하산 펼쳐
하늘을 나를 듯한

동화 속의 우리 집

자매姉妹들

맑은 하늘에
맑은 얼굴이 귀엽다

큰언니 작은언니
어깨동무하고

동생들 나도 끼워줘
조르고 있다

예쁜 자매들 얼굴로
10월이 화사하다

소고춤

하늘을 날아
묘기를 펼치는
소고춤

온몸 상모돌리기에
구경꾼의 가슴을 조이고

북소리
장구소리
징소리
꽹과리 소리 어우러져
흥을 돋아주니

관중의 열기가
하늘을 찌른다

보리밭

겨우내 매서운
서릿발을 이겨내고

파란 싹 트여
푸른 봄날로

청보리밭 축제 열더니만

열매를 맺어
황금 발판을 꾸며가네

우리의 먹거리
풍요의 벌판

보기만 해도
보리밥이 삼켜진다

작은 일상日常

꽃 대궐 차려진
정원에서

그늘을 의지한
나들이

쉼의 시간
정겨운 모습

한 폭의 그림으로
남겨진
작은 일상

꽃과 나비

화려한 의상 차려입고
꽃과의 행복한 데이트

꽃도 예쁜데
나비도 예쁘니
한 쌍의 그림

이 그림을 무엇에
비유하리오

그대의 눈으로
생각을 만들어 보오

5부

상대에게 정을 주는 말 다섯 글자
"보고 싶었어"

고요

빛 내림이 있는
이곳은 어디

고요함이
만들어낸 작품

벌판의 고요일까
바다의 고요일까
마음의 고요일까

그대가 고요를
설명해 보오

페인팅

손등에 곤충 한 마리
지니고 싶어

날갯짓으로 우아함을
뽐내고 싶거든

아름다움으로
새로운 변신이 필요해

나는 이 곤충과 같이
날갯짓하며
새롭게 시작할 거야

작심 3일일지라도

국화

연분홍 저고리
곱게 차려입고

풋풋한 피부를
자랑하며

앞다투어
가을 정취를
풍겨낸다

10월은 나의 계절

계절이 가기 전에
맘껏 생을 노래하고

가을과 함께
떠나리라

장미

예뻐서 멀어지는
그대는 장미

햇살 삼키면
눈부신 얼굴

물방울 삼키면
슬픔을 머금은 여인

마음을 삼키면
황홀한 사랑

술잔 든 여인

꽃을 뿌려놓은
탕 물이 향기롭다

탕 속 몸 누인 여인
술잔을 음미하며

잔잔한 생각에
젖어있다

물 밖으로 올려진
섹시한 각선미

뭇사람의 시선을
감각으로 느끼며

아무렇지 않게
노천탕에 누어
쉼의 시간을 갖고 있다

꽃 정원에서

꽃은
설렘을 주고
기쁨을 준다

꽃은
아름다운 선물이며
행복이다

꽃 앞에서는
어린 동심으로 돌아가
즐거움을 준다

꽃은
우리들이 느낄 수 없는 것을
암시해 주고 있다

꽃의 여신

꽃의 여신
땅속에 몸 숨기고

얼굴과 팔만을 노출하여
한 떨기 꽃향에 취하고 있다

정원의 꽃들이
그녀의 손아귀에 있어

그녀에게 아부하느라
정감을 나누는
인간들의 몸부림

예쁜 꽃과 실컷 즐기고 가라고
일러주는 꽃의 여신

수상 퍼레이드parade

바다를 이겨낸
사나이들

의기양양 개선
퍼레이드

이겨낸 바다가 육지 되어
오토바이 폭주족
신나게 펼쳐진 묘기

푸른 물속의
무서운 수심을
바닥에 깔고

바다 사나이들이
물거품을 타고
멋지게 질주하고 있다

허수아비 세상

원두막에
이야기가 있는
허수아비 세상

목발을 딛고 선
허수아비들

메밀꽃 향기에 취해
흔들흔들

여기에 끼어든 여인이
어색스러웠을까

그들과 한 패가 되었다

피마자꽃

파란 양산 밑으로
성게 입이 날름거린다

밑으로 물고기 알처럼
피어올라 있어
바닷속을 연상해 본다

피마자꽃이 열매로
성장하여

다시 여인들의 머리에서
반짝거릴 것이다

고요의 바다

김영성 디카시집

발행일 | 2023년 10월 31일

지은이 | 김영성
사　진 | 김영성
펴낸이 | 고미숙
편　집 | 구름나무
펴낸곳 | 쏠트라인saltline

등록번호 | 제452-2016-000010호(2016년 7월 25일)
제 작 처 | 쏠트라인saltline
전자우편 | saltline@hanmail.net

ISBN : 979-11-92139-42-5 (03810)
값 : 10,000원